AF449548

Mar del Perú

MARCO MARTOS

Garamond

Mar del Perú
Primera edición, julio de 2022
© Marco Martos Carrera, 2022
© Editorial Milojas SAC para su sello Garamond, 2022
RUC: 20555077247
Jirón Nicolás de Piérola N° 317
Dpto. 102. Urbanización Liguria
Santiago de Surco. Lima, Perú
Editor de contenidos: Rubén Barcelli
Correctora: Ana Luisa Ríos
Ilustración y diseño de cubierta: Enrique Limaymanta
Fotografía de solapa: Vanesa Zamudio

ISBN: 978-612-48712-5-2
Hecho el Depósito Legal en la Biblioteca Nacional del Perú
N° 2022-06323
Tiraje: 300 ejemplares
Se terminó de imprimir en julio de 2022
por Aleph Impresiones SRL
RUC: 20258078048
Jr. Risso 580, Lince. Lima, Perú

Lee este código QR y conéctate con nuestro ecosistema digital:

Este libro está dedicado a Ulrich Pilgrim

Palabras liminares

Este conjunto de poemas bautizado *Mar del Perú*, se llamó primero *Mar del Sur*, que era el nombre genérico usado por españoles para las aguas y las tierras que estaban al sur de Panamá. El nombre elegido es comprendido de inmediato por un lector de hoy día y tiene que ver con el carácter colectivo del libro, que, aunque escrito por un poeta, aspira a representar contenidos y valores compartidos por muchas personas. Todos los poemas han sido escritos entre 2019 y 2021 y tienen en su entrelínea la inestabilidad y la fragilidad de todo lo nuestro, acentuadas en esta época de pandemia, pero así mismo un vasto contenido simbólico de la permanente búsqueda de los seres humanos que hace admirable a nuestra especie. Hay dos geografías en el libro, una externa, fácilmente discernible, la costa, la sierra y la selva del Perú, y otra interna que alude a personajes de la historia de los peruanos, a la intensidad de sus iluminaciones, Garcilaso, Guamán Poma, Antonia Moreno, Zoila Aurora Cáceres, Vallejo, Eguren, Jorge Eduardo Eielson, Blanca Varela y al pensamiento del propio autor de los poemas que deja que circulen por sus versos ideas aprendidas en Saussure, en los formalistas rusos, en Freud, en Jung, en Hegel, en Marx, Martín Heidegger, Ludwig Wittgenstein. Sabemos, sin ser especialistas, de la importancia del inconsciente en la vida de los seres humanos. Lo comprenden los griegos antiguos y los poetas románticos, y fue Freud el que sistematizó esa presencia también en el arte y en la literatura. Jung, que fue el gran disidente del psicoanálisis, imaginó un estado de conciencia superior que incluía al inconsciente. No sabemos si Vallejo leyó a Jung en este punto, pero en un poema que alude a «cuatro conciencias» expresa con rotundidad ese punto de vista que es asumido por mí. Estos poemas reconocen los aportes de la vanguardia y rinden explícito homenaje a Paul Éluard, Robert Desnos, César Moro, incorporan en su estructura al inconsciente, a la intuición, a la casualidad, pero desean, sobre todo, como quería Lope de Vega, como lo deseaba César Vallejo, ser leídos y comprendidos por los amantes de la poesía, independientemente de sus conocimientos, que escuchan o leen los poemas con la oreja del corazón. Y que se queden pensando, como quería Bertolt Brecht.

Lima, 31 de enero de 2022

MARCO MARTOS

Je connais tous les lieux où la colombe loge
Et le plus naturel est la tête de l'homme

L'amour de la justice et de la liberté
A produit un fruit merveilleux
Un fruit qui ne se gâte point
Car il a le goût du bonheur

Que la terre produise
Que la terre fleurisse
Que la chair et le sang vivants
Ne soient jamais sacrifiés

Conozco todos los lugares donde se posa la paloma
Y el más natural es la cabeza del hombre

El amor a la justicia y el amor a la libertad
Han creado un fruto maravilloso
Un fruto que jamás se pudre
Porque tiene el sabor de felicidad

Que la tierra produzca
Que la tierra florezca
Que la carne y la sangre vivas
Jamás sean sacrificadas

Paul Éluard

Mar del Perú

Deja a la gente siempre tiritando
esa agua fría que viene del sur
del sur del continente americano,
con sus filamentos de alabastro,
plancton del fondo de la sima oscura,
múltiples peces que saltan en el aire
y el nombre de oro de Alejandro Humboldt
que dibujan en el horizonte los pájaros.
paradoja de paradojas: sol
despiadado, deseo de las sombras,
desierto y palmeras que anhelamos.

Manes de Chigorin

¡Manes de Chigorin! Protéjanse
contra las jugadas diarias, avezadas artimañas
que vienen por las bandas, o se producen
en el centro de mi tablero, con sonrisas,
gambitos, emponzoñados regalos,
y al final, las dagas, las pócimas embrujadas,
los venenos florentinos que Dante conoció
desde su cuna.
¡Denme paciencia, tacto y audacia,
para hacer lo que debo en cada momento,
sin equivocarme!
Me zafé, Chigorin, los venceré,
te lo juro, por la diosa Caissa.

Garcilaso de la Vega, el Inca

Si Gómez Suárez de Figueroa mira al Cusco
es para querer a cada una de sus piedras
y a las límpidas gotas de sus ríos, hacerse Inca
para siempre y monarca refinado de incurable nostalgia.
Le ha tocado ser domador de caballos árabes,
vecino de Montilla y amigo de Cervantes,
visitante furtivo de las cortes de Madrid y disfrutar
de las oscuras aceitunas y de los vinos de los campos,
en los días del regreso a los atardeceres amados.
Nada le conforma al peregrino de la memoria,
recorre día a día los lugares benditos
que huelen a pólvora recién llegada
y a gritos destemplados de soldados castellanos.
Lo mejor para él está en el pasado,
en las blanquísimas nieves de las montañas,
en los pájaros que en hileras se zambullen
en las aguas del mar Pacífico, heladas
bajo el sol radiante del solsticio del verano.
Todo queda escrito en la letra prolija que admiramos.

Jerigonza

Felipe Guaman Poma de Ayala vive escondido en mis versos
cuando me sale, del fondo de la caverna, mi jerigonza bárbara.
He sabido ser atildado en los salones, amable con las damas
que conversan con finura en las balaustradas, al borde de los barrancos
o en los salones de mármoles, alabastros y piedras de agua,
pero Felipe me acompaña en los barzales, los caminos polvorientos,
ahí donde aparecen los basiliscos y las ponzoñas refinadas.
Me asombran su escritura, su mezcla de hablas,
sus dibujos de rara hermosura y su gana de que gobiernen
los que saben y son por encima de todo, honrados.
Pareciera, cuando lo lees, que el tiempo no transcurre,
que todo está por hacerse en el Perú que amamos.

Arequipa

En la noche estival, bajo los arcos de la plaza,
qué bella es la luz amarilla, qué bellas las sombras,
con el perfil de la iglesia de magnífico sillar que se yergue
solitario en dibujado contraste con la oscuridad.
Qué privilegio disfrutar de este espacio concebido
con las briznas sagradas de la eternidad.
Un día descubres que aquí reside la fuente
de la hermosura que no se acaba jamás.

Mauta, tinaja

Desde el secano hasta las frescas barzas,
Nauta tiene la forma de tinaja
y el aliento ancestral de los omaguas.
Duro sol se suaviza entre pajas,
besa a la luna en noches cálidas.
Hay delfines rosados, taricayas,
y la hermosa mujer de los islotes,
la fuerza del trópico luminoso.

Cántaros

Recuerdo a las muchachas de mi infancia,
llevando cántaros en la cabeza, después de la lluvia,
con los pies descalzos sobre la greda, cantando bajito,
mientras en lo alto de los árboles aparecía el sol.

En esas ánforas que contenían leche de cabra
chapotea todavía mi corazón en el pecho de las bellezas,
lo veo muy bien, respiraban uno y otro limón.
En los días de aguaceros esas núbiles mujeres
vuelven a mi mente como una superstición.

Árbol azul

Lleno el árbol azul de Navidad
con bolitas de colores y palabras
repletas de amor y gratitud.
Y pongo un niño que trepa a lo más alto
y vuela luego como un pájaro
y se va lejos, como un humo
que se confunde con los rayos del sol.

Eternidad

La amazona viene del fondo del tiempo,
solitaria en el bosque con su carcaj,
para vivir se basta a sí misma,
sabe hacer fuego y sabe cazar.
La piel se le eriza como a otra mujer
y busca compañía, por un día, por dos,
por el instante mágico de la eternidad.

Abejorro

Como un abejorro me deslizo por tus cabellos ensortijados.
los dioses navegan en los ríos amarillos de cerveza
y las damas pululan en los remansos que huelen a anís.
Estoy bien en esa negrura. Maraña del monte que no deja
entrar la luz. Hay un fuego que crepita en tu corazón
y da lumbre a todo tu cuerpo y a mí mismo trepado
cerca de tu frente, sintiéndote respirar cuando la noche
se aquieta y a lo lejos, en las sombras de la calle,
arrufa un perro insomne para sentirse real,
en tu sueño o en mi sueño o en el abrazo de la eternidad.

Bofedales

Anduve por callejones, por las ciénagas de Lima,
por las barandas del puente de Barranco, por las agujas,
y en todos lados distinguí, en el fervor de la noche,
a la hermosura con su vestido de flores, sus palmeras,
sus agudos cantares en los principios del verano,
y luego, arropada de negras prendas y bufandas de colores,
cruzando toda la inmensa bahía de la Costa Verde,
subiendo a los bofedales donde nacen las altas nieblas,
los manantiales, la mollizna de los virreyes, las garúas del invierno.

Ánimas

Del mar viene la procesión de ánimas,
rodea tus altares con candelas líquidas misteriosas.
Enfurruñada, entre las mantas convulsas, entre brumas
y tinieblas, te dan pánico los temblorosos fulgores
que nacen de la exigua noche de las aguas con sus blancas
vedejas circulares. Despiertas aferrada a los arrecifes,
con tumescencia en los labios, llena de sudor y de lágrimas.
No hay nadie en la habitación.
Afuera ruge el mar con inocencia. Y maúlla un gato.

Bogavante

Sin madre, no he tenido nada, ni pecho malo
ni pecho bueno en mi adolescencia y juventud.
Raro, te parezco raro, y es que estoy
muy acostumbrado a la soledad.
Como un bogavante perdí mi coraza
en la pubertad, y me oculté entre las rocas
y segregué sustancias de nácar, las más lucientes,
para enfrentar con soltura la madurez.
Debajo están las heridas, las cicatrices
con las que te hablo, cuando sueñas con el amor.

Saber

Para Marie Saba

Nosotros sabemos
que las palabras son el sello de cada persona.
Y sus gestos y silencios.
miramos en el fondo de ese pozo.
Encontramos
a una mujer, o un hombre, solos,
en el comienzo del universo.

Raíces

De Grecia vengo, ahí nace mi palabra,
escuché recitar al mismo Homero, conocí a Sócrates
en el Pireo, en las plazas de Atenas.
Una vez hablé con Xantipa y dos veces con Aspasia.
De Roma vengo, vi a Ovidio en la vía Apia.
Acompañé al estadio varias veces a Marcia.
Admiré a Virgilio, a Horacio, a Catulo, a Propercio.
Vengo de China, de las callejuelas de Cantón.
Los vendedores callejeros gritan los nombres de sus mercancías,
en las puertas de las tiendas, hieráticos longevos juegan cartas
y un rumor de apuros pasa con el viento y graznan gansos en sus jaulas.
Hay un vaho ameno que sale de las flores cuando por la tarde se hace noche.
Y por la noche, nube negra cargada de las aguas.
Li Po bebe vino junto al río y Tu Fu escancia y escancia.
Vengo de la India, del inmenso Himalaya, llevo un blanco hielo en las entrañas.
Vengo del sur de España, de Andalucía misma, de los olivares de Jaén,
de las limpias casas de Montilla, del fino vino amarillo en las tardes del verano.
Del Caribe vengo, del Santo Domingo que conoció Diego Colón,
del mar de Panamá voy bajando en canoa por sus verdes aguas,
vengo del Ecuador, de sus hermosas montañas,
hundo mis raíces en el Perú, soy un árbol,
nazco en Huancabamba, en Piura, en Paita,
vuelvo a nacer en Ayacucho, en Moyobamba.
Palabras de muchas lenguas giran en mi cabeza,
se atropellan por salir. Las calmo, las coloco en la piedra porosa,
se hacen agua, y van saliendo lentamente, gotean en tus manos.
Duran. Y te calman.

Caral

En este amanecer de Caral
el sol inunda de rosa el horizonte.
Viven los muertos porque los nombramos
y somos historia porque ellos estuvieron
en otro amanecer, en esta misma arena,
en este mismo barro, con el mismo sol que amamos.

Paita

Jamás pensaste, cuando arribaban al puerto de Paita, que el olor salino de sus calles, los rostros aceitunados de sus mujeres, los gritos de los marineros embarcando las reses, la belleza insólita de los atardeceres, perdurarán siempre en tu memoria como una imagen del sosiego y la hermosura; por las tardes, mientras el sol se retiraba para hundirse con su manto de colores en las profundidades marinas, te plantabas frente a las aguas, atónito, ensimismado, distraído solamente por los arrecifes de La Punta que incrustaban su sombra en las últimas claridades del día. Llegada la noche, aparecían en las playas diferentes especies de animales: perros jugueteando con las olas diminutas, gatos de ojos fosforescentes, agazapados debajo de los pilares del muelle, rojos cangrejos yendo y viniendo de cientos y cientos de sus insólitas madrigueras como si algo los apurara en la tibieza de la noche encantada.

Las musas
y los pájaros

¿Qué pasaría si mientras vuelan crean poesía
con sus innumerables acrobacias?
¿Cómo sería la lírica renacentista de estos pájaros?
Imaginen por un instante a las soledades barrocas
que atraviesan los cielos y los tiñen de letras feas.
El añil se hace plomo y el plomo noche oscura.
Hay jilgueros que cantan a la libertad
y con sus piruetas la escriben en los árboles en las mañanas
radiantes cuando comienza el mundo.
Los pájaros críticos dictan las leyes de la buena escritura.
Y otros pájaros fingen que les hacen caso
y van modificando lentamente su canto.
Cada pájaro escribe lo que quiere
y siempre hay otro pájaro que escucha.
Erato, Euterpe, musas de mi corazón,
denme por favor, la voz de un pájaro.

Viento

Consideré que tus ojos eran inolvidables.
Portaban inquietud y alegría, fuegos rápidos.
Ha pasado el tiempo y están ahí, brillando en mi noche.
Va mi palabra fresca a tu oído, flor que anuncia el fin del invierno.
Es ese viento donde nace lo cálido.

Cristal

Suena el silencio con sus oros en el arenal.
Es el viento, un heraldo de sombras
que anuncia el manto de la oscuridad.
Las aves se recogen en los algarrobos
y añaden su quietud a ese murmullo que se va.
Del río llega una húmeda palpitación.
Solo el calor persiste y deja su vaho
en mis palabras de cristal.

Cusco, primera vez

Desde la ventana de la habitación del hotel
veo un techo de tejas rojas,
el cielo celeste y las nubes fijas como copos de algodón.
Aquí estuve rodeado de risas
en las gradas de piedra de la catedral,
deambulé por los callejones de la historia
entre centenares de transeúntes con chullos multicolores
o blancos sombreros en las mañanas radiantes,
me perdí en interminables noches imantadas,
en las calles de pétreos adoquines, alrededor de la plaza,
y jugué en ocasiones pacientemente al ajedrez.
Hablé con numerosos amigos del antiguo esplendor
del imperio de los incas, de Garcilaso y su pluma prodigiosa,
de Juan Espinosa Medrano, Juan Chancahuaña de nombre original.
Sigo fascinado por la gran ciudad del Cusco,
la miro con los ojos asombrados del niño,
la descubro por primera vez,
como si yo mismo fuera un rayo de sol.

Músicos en Pisac

En la puerta de la iglesia de Pisac,
cerrada con tres candados,
acuclillado el artista forastero,
tocaba para sí mismo en un tambor de metal.
Nos acercamos con prudencia
y al final de la interpretación
pudimos hablarle y saber algo de su vida trashumante
que lo había traído a este hermoso rincón del Perú.
Caminamos luego entre los puestos de los vendedores
de ropa u objetos de cuero o madera,
en la mañana de agosto, con un sol imperial,
mientras unos músicos callejeros, con acento argentino,
ofrecían canciones del Brasil en una armonía total.
Eran jóvenes del Conservatorio de Buenos Aires
en viaje de buena voluntad.
¡Cosas verdes, Sancho, que no podrás entender jamás!

Tempestad en Machu Picchu

Llaman Machu Picchu
a estos muros de piedra, esplendores que parecen
dibujados en una celeste pizarra,
a estas arcillas, estas gredas invisibles,
pegamento de los dioses, del sol, la luna,
las estrellas que los incas adoraban,
a estos filamentos de eternidad,
estas vasijas, estas ventanas
que dan a un valle de maravilla,
infinito verdor que no acaba.
Llegaron las piedras caminando hacia arriba,
por la pendiente, empujadas
por los espíritus de la naturaleza
o los fantasmas de las deidades.
¿Cómo supieron tanto estos constructores,
arquitectos de la luz y las sombras apagadas?
¿Quién les enseñaba?
Silban los vientos y llueve
y no para de llover en la noche encantada.

Pacarinas

Las aguas son sagradas, ahí residen los dioses,
y a su lado el que los ordena y manda, el Dios de las deidades.
Queremos a las fuentes, puquios las llamamos, ojos de agua.
A los ríos y lagos, al mar mismo, los amamos.
Hemos nacido del agua hombres y mujeres,
los peces son nuestros hermanos y las olas con su espuma blanca.
Llevamos los líquidos por nuestras tierras eriazas
por canales que semejan inmensas telas de araña,
a los templos llevamos transparentes aguas
para aplacar la sed milenaria de la tierra calcinada.
Empedrados el cauce del río Tulumayo,
hacemos lo mismo con el río Huatanay,
para que el Cusco esté muy limpio
y hermoso siempre como el cielo despejado.
Y cuando llueve, hablan los dioses, vuelven a la tierra,
entre truenos y relámpagos. Y reímos. Y lloramos.

Cementerio de Huamanga

Para Fermín Rivera

Aquí están los muertos, los señores de Huamanga,
en lápidas, cuarteles, mausoleos, en los árboles,
en la grama de los jardines, en los decires
precisos que sus nombres sagrados evocan.
Aquí, Osmán del Barco, el amigo de César Vallejo,
aquí, Raúl García Zárate, con las cuerdas mágicas
de su maravillosa guitarra, y alguna gente
que murió asesinada en Huanta y Ayacucho
hace tantos años y que es llorada ahora mismo
por sus deudos y por cientos y cientos de personas.
Hay paz en este campo de la muerte,
es el murmullo de la vida de los visitantes,
la alegría de los niños y su inocencia,
las hermosas flores amarillas que nacen cada mañana.
Fuera, en los aires, en el viento, en los cerros,
el espíritu de los muertos insepultos,
la memoria de la guerra de ayer que nunca acaba.

Jirón Tres máscaras, Huamanga

Aquí murió un marqués español empingorotado,
en duelo desigual con quien hacía requiebros a su amada,
aquí murió el solemne padre de la novia,
que recogió la espada roja de sangre alborotada,
aquí murió el mozo, autor de las dos desapariciones,
en manos de la mujer que lo quería.
De aquí partió la muchacha a ser novicia
del convento de Santa Clara.
Quedan tres máscaras funerarias.
Aquí murió, a fines del siglo XX, Luis Morales,
un hombre bueno, asesinado.
Vive en la memoria y en las casi invisibles
espinas de las tunas encabritadas.

Ayacucho, un río de esperanza

Para Karleth Pariona, Keren Vilcamiche y Nataly León

He vuelto a Ayacucho, a sus calles de la historia,
hay un aire límpido que embellece el parque
y gente que camina con el sufrimiento en los ojos,
sin preguntas ni demandas, dolor a solas.
Una multitud de niñas, ya unas damas,
lee poesías, circunspecta, ante maestros y curiosos.
La vida transcurre, en esas voces, como un río de esperanza.

Solsiret Rodríguez

En un caballo bayo, esos de crines blancas y amarillas,
se desplaza Solsiret por los espacios siderales. Sobre sus ropas,
un manto transparente, una cola de cometa, una estrella que titila.
Su belleza inmarcesible va mostrándose por el universo entero,
llena de dignidad y de sonrisas. Lleva el afecto de todas las mujeres
y el de los varones honrados. Una multitud de tordillos
la sigue por el universo. En esas pelambres negras y blancas,
los niños que la celebran en su hermosa algarabía, expresan
su afecto por la madre que es la flor encendida de las costas
y las sierras, las montañas y los llanos, las tupidas selvas del Perú.
Solsiret es la mujer que conoce la eternidad, que entra en el tiempo
circular, y que bendice a sus hijos, a sus padres y abuelos,
a la gente que la conoce, a los que vendrán mañana y sabrán su nombre.

Septiembre, Nanay

Sube la palabra, sin color todavía, a los cielos azulados,
se hace viento blanco en el centro de la nube,
quietud, cuando mira abajo a las aguas
del río Nanay, que parecen eternas,
se junta entonces con las palmeras, con las barcas,
con la vida misma de los humanos,
y luego desaparece por los aires, con los pájaros.

Yurimaguas

¿Qué hago en estos fríos?
en esta neblina que atraviesa el alma.
Quiero ir a Yurimaguas, al río Paranapura,
a los calores de las corrientes del Huallaga.
Hay niños que corren en la plaza de Jeberos
y un gato que juega con un perro en Balsapuerto,
y en ese sol intenso va volando mi palabra.

Moyobamba

Mariposa que vienes tan volando
de la tierra muy cálida, orquídea
de miles de colores, Moyobamba
qué llevo en el corazón como estrella
que nace en la infancia de los sueños.
La belleza que emerge en tus árboles,
en tus aguas, en tus hierbas curativas,
acompaña a la gente mientras vive,
la hace mejor, sana y bondadosa.
ahí me quiero quedar, suspendido
en los aires, tal duende de la noche
de las cattleyas de maravilla,
mojarme en la lluvia, lavarme el alma,
volver a la patria desvanecida.

Micaela Villegas en Tomayquichua

El cielo es azul, parece dibujado,
y traída por Dios la Micaela
que habla y ríe, blanquísimos dientes,
un día, una semana, unos siglos.
Aquí nace la hermosura del ande,
vuelan muy alto finísimos pájaros
debajo de las piedras, primavera
eterna va sembrando rojas flores,
a lo lejos, el trote de dos caballos.
desde abajo ya suben blancas nubes,
te envuelven primorosas con su manto.
¿Qué colores ya manejan tus pinceles?
¿Qué palabras son las precisas?
¿Tú, qué me dices, chamán embrujado?

María de las Nieves

Si salimos de casa, podemos rompernos la frente
pues la nieve cubre los campos y las calles.
Viene la helada que dejará las aceras
como vítreas pistas de patinaje.
Los niños no escarmientan y salen desguarnecidos
a competir dando saltos entre los charcos.
¡Tantas veces te ha pasado, y vuelves
a las nieves del amor, a esos fríos!

El siglo que viene

Para Gino Ceccarelli

¿Qué vendrá, Dios, que vendrá en el siglo que viene?
¿Qué pasará con las pinturas de hoy que parecen eternas
porque están hechas de firmes colores y con mano diestra
para iluminar de alegría los ojos de los espectadores?
¿Los árboles que ahora se abrazan dando sombra
en medio de los calores, acaso durarán? ¿Serán capaces
de vencer a la codicia de los visitantes de ojos de venado?
¿Cuánto durará mi gente? ¿Durarán sus lenguas cantarinas?
¿Las sirenas permanecerán en la mente de los hombres?
¿O serán como esa que agoniza junto a un caño?
¡Qué pesadilla intuir que esa desdicha se viene!
Cantamos lo que parecerá, un mundo hermoso
que será una desgracia para los valetudinarios y para los jóvenes.
¡A qué punto estamos llegando!
Paren ya, detengan la masacre de todos los humanos.

La bahía de Ilo

Pasaría todos los días de mi vida
contemplando la bahía de Ilo,
en el sur del Perú, descubriendo bondades.
Hay un momento intenso en la mañana:
el cielo se apelmaza con el mar en una divina cópula
y se distinguen dos azules de maravilla debajo
de una montaña de luz que alegra los corazones
y las almas de las mujeres y de los hombres.
Peregrino de tantos mundos, bendigo la belleza
de estas aguas tranquilas de ribazos y oquedades.

Deambular

Deambulamos por los bosques,
en lo que queda de la selva enmarañada.
Nos parecemos a los primeros pobladores
que no encontraban lugares propicios
durante muchos años, hasta que se asentaron.
Nuestra tarea ahora es inacabable.
La tierra es nuestra madre y ante ella nos inclinamos.
Nuestros destinos se deciden en lugares remotos
en lo más lejos de lo lejos, en sitios que ignoramos.
Ni siquiera los señores del gobierno deciden nuestra suerte,
ni los señores de todos los gobiernos que están
en lo que llaman Naciones Unidas. Ellos mandaban antes,
ahora son otros, un puñado de familias,
unidas por el dinero, los que deciden,
y ni siquiera nos conocen, ni un solo día de sus vidas
han venido a disfrutar de las estrellas bajo el cielo despejado.
Ocupan nuestras tierras, escarban buscando oro, petróleo
o cobre o uranio, según dicen. Los ríos quedan envenenados,
las cosechas temporales desaparecen, mueren miles de los nuestros
y un manto de dolor se esparce por el mundo, viaja con los virus,
llega a las metrópolis, acaba con unos y con otros, también con los encopetados,
y va convirtiendo a la tierra entera en un lugar de desolación sin esperanza.

Verdolaga

Viviste los días inolvidables debajo de los algarrobos,
te encantaba acercarte a las verdolagas y olerlas una a una.
Hasta ahora permanecen en tus ojos sus flores amarillas, cuando sonríes.
Otras veces corrías con los pies desnudos dando exclamaciones de alegría
sobre la arena caliente, causando asombro a los que te veían.
O te internaste en los arrozales a la hora de la siembra
y permanencias entre los almácigos hasta que el sol caía.
Por las noches, cuando el campo se poblaba
de los sonidos que son hermanos del silencio,
adormilados pájaros recogidos en las ramas, cigarras, grillos,
oías en la casa interminables cuentos de duendes y hechiceras
hasta que se apagaban las candelas y se encendían
tus sueños en los vaivenes de una hamaca que te mecía.

Infancia

Las luces se apagan en el pueblo,
desaparece la última claridad.
Pequeñas procesiones de vecinos
se deslizan como sombras
que proyectan sus lámparas de mecha azul,
sobre los muros de adobe, las paredes
de quincha, los pisos de tierra y de soledad.
Duran horas las visitas, son parloteos
a media voz, con café casi siempre,
a veces anís. Juegan los infantes en la calle
con bolitas de colores que brillan en la oscuridad.

Ojo de arroz

En tus ojos viven todavía los cuerpos
inclinados de los sembradores de arroz.
Arriba, los cielos despejados de intenso pigmento azul
y una nube de algodón dibujada por un niño
y otra nube que se desplaza a gran velocidad.
Una alfombra de verdor se pierde en el horizonte
y en tu respiración tiene sabor ese estupendo color.
Vienen los pajarillos y con sus picos afilados
sacan leche blanquísima del arroz.
Caminan con dignidad las garzas reales, las garzas blancas,
vuelan las mariposas, vuela el indómito corazón.

Apartado lugar

En las tardes corrías por la alfombra verde del arroz.
¿Cómo sabían los pájaros la inmensidad de tu interior?
Con los picos buscaban la blanquísima leche
o se quedaban quietos, dejándote pasar.
Ni ellos tenían miedo, ni tú temor.
Oro en los cielos y rosa en la azul inmensidad.
Cuando llegaba la noche, en esa lóbrega oscuridad,
tus amplios vestidos luminosos eran la señal
de la continuidad de la vida en ese apartado lugar.

Flor del hibisco

Cómo luce la flor del hibisco cuando llega el verano,
la niña es hermosa, roja la cara, chapoteando en la acequia
entre los gritos de alegría de todos los pequeños,
en la tarde de nubarrones y aguaceros desesperados.
Han subido las aguas y un río de furia adolescente
corta las antiguas calles del pueblo soledoso.
Uno a uno los infantes se lanzan desde el puente diminuto
y nadan victoriosos en las turbulentas aguas.
La niña no duda, se arroja a los remolinos marrones,
bracea en medio de las corrientes contrarias
y sale a la orilla llena de lodo, yuyos y lástimas.

Temblor

La dama sueña con la infanta
que tiene una fiesta de cumpleaños.
En la retina permanece, cristalizada
en ramalazos de eternidad, la gelatina
que tiembla y tiembla, sin ser bocado,
sino milagro de la gracia de Dios.

Zarigüeya

El pueblo tiene aromas de eucalipto y cacao humeante.
En su huso hila que te hila la abuela con la lana
de la oveja recién trasquilada, mientras habla para sí.
La niña cose costales de arroz y coloca el trigo y el maíz
bajo el esplendoroso sol de la media mañana del verano inmortal,
y cuando las luces de la tarde empiezan a parpadear,
ingresa a la cocina y con un fino carrizo atiza las brasas de leña
y chillan los cuyes, blancos, marrones, a su alrededor.
Empieza la noche. En apariencia nada ocurre en esa soledad.
Por la mañana, una gallina despatarrada aparece en el corral.
¡Qué cruel es la herbívora zarigüeya! Le gusta matar por matar.

Nísperos

Entre las peras, ciruelas, manzanas, cerezas,
la niña prefiere los nísperos de punzante sabor.
Lleva esa dulzura a través de los años, y la mujer
piensa en los arbustos de la infancia y los destellos
de lo que después le puso nombre: amor.
En el patio están las personas amables,
las que todo lo dan y no sueñan recibir.
Esa es la patria de los sueños, ahí la niña quiere vivir.
La mujer lleva en la punta de los labios
el sabor de lo ácido, en las manos
la hermosa planta que siembra en el jardín.
Hay niños dulces y acérrimos, como nísperos
que anhelan buscar la luz, el aire fresco,
el frescor de la lluvia, un nuevo amanecer.

Magia

Quiero que mi palabra, con su magia,
te cubra bien los ojos, te cure la migraña,
y que tu mano se pose sobre la falda
en hermoso reposo, y que sonrías, plena,
para volver a escribir sobre tus secretas
perfecciones que poco a poco conozco
y voy poniendo bajo el sol de la mañana:
pechos radiantes, y flores, y pájaros.

Rosa roja

Caminando encontraste una rosa en un jardín,
Solitaria, alejada del mundo y de toda admiración.
La belleza, te dijiste, no necesita ser contemplada
para ser ella misma, roja, radiante, entera en sus pétalos
que portan lo más divino creado en los jardines de la humanidad.
Sin embargo, permanecer confinada, con tu belleza escondida
que nadie sino la poesía puede decir
como en un maravilloso espejo de agua
donde voy adivinando tu insólito perfil.

Jacarandá

Celeste y lila nuestra primavera,
tiñe de hermosura al jacarandá,
árbol que crece violentamente buscando la luz.
Por la mañana recibe a los pájaros
y a la hora del sueño los arrulla
con sus ramas oscuras, de ojos verdes,
iluminando las horas de la oscuridad.
Vive silente, vienen mariposas
de tantos colores, de tanta belleza,
que semejan el vuelo de la eternidad.

Nieve de las fronteras

Oh la nieve de las fronteras,
la que pulula en tus ojos, blanco perpetuo
y marrón que baila, la tierra oscura de los encantos,
y esa vasta indiferencia en las llanuras que tiritan
y no conocen otro sol que el rojo de la medianoche.
Ese es el poder de los astros, lo despiadado del universo,
la sensación de estar solos en una neblina eterna;
sin embargo, están los niños,
la calma sagrada con la que juegan,
la algarabía de sus dicterios,
sus melancolías súbitas.
Hay una serpentina de colores,
una serpiente de dos cabezas
que cruza el horizonte
y hay candelas que la circundan
y un humo azul que lleva como un halo.
Pero tú estás en la nieve,
en lo despiadado de los fríos,
con la cabeza en llamas,
entre los hielos. Y nunca hablas,
Oh, poderosa.

Casi inaudible

Tu corazón me llama con un débil sonido,
sonda casi inaudible en la marea de los días.
Pero lo capto, en un gran esfuerzo
de mis filamentos, inusual en estos tiempos.
Emito mi propio silbido, elegante, profundo,
el macho que llama a la hembra
en los tiempos del celo, de la primavera
y sus potentes rugidos.

La dicha

No me importan los pequeños éxitos por los que a veces me aplauden,
ni los amigos que me sonríen cuando gano honradamente mi pitanza,
ni las medallas, ni los diplomas con sus orlas doradas.
Me conmueve tu sonrisa cuando estoy desesperado,
tu capacidad de mezclar el trabajo con los sueños,
la tibieza de tus manos en el esplendor de la noche,
en la oscuridad de las gráciles góndolas de la dicha que comienza.

Rengo

Rengo, respiro, resoplo
en el fondo del jardín.
Insomne en la madrugada,
requiero ritos de amor.
Ya no está la princesa,
su aroma de tibio añil.
Extraño su risa loca,
rápidos ojos de flor.
Ríe rozagante rostro,
río en la noche de abril.

La hija de todos los árboles

Tú eres una serpiente para mí,
te deslizas como bailando por la tierra,
vas silenciosa por los caminos,
me atraes con tus ojos hipnóticos
y te sigo, cumpliendo la ley de la vida.
¿Eres peligrosa? Que lo digan otros.
Solo ayuda he recibido de ti,
todas las veces que he estado
al borde del abismo
tu silbido salvador
ha sido mi norte
en las tenebrosas oscuridades.
Cuando ríes eran la misma imagen
de la dulzura que es tan escasa
en el trato entre humanos.
No me cambio de tu lado.
Eres mi serpiente, la que amo,
la madre del cosmos, la compañera,
la hija de todos los árboles.

Esencia

Tienes la esencia femenina del mundo,
el olor de las manzanas cosechadas
en el comienzo del verano,
el intenso perfume de los jazmines
en las madrugadas,
ese murmullo de las olas
cuando comienza la noche
bajo el cóncavo cielo poblado de estrellas,
eres la orquídea colgada en la montaña,
al borde del abismo,
una diosa de los bosques, de las aguas y los aires.

Santiago de Chuco

Ese verde a lo lejos. El olor del eucalipto,
penetrante en las fosas nasales. Esos capulíes,
esos sauces, con un fondo de cerros amarillentos,
desiguales, que no han cambiado en cientos de años,
salvo por los temblores y los terremotos, son el perfecto tinglado
para que nazca, crezca y se haga grande César Vallejo,
el príncipe de los poetas, la voz de los desarrapados.
La gente habla el castellano arrastrando las palabras,
casi masticando, con precisión en los matices
que ya no se encuentra en las grandes ciudades,
y con el río subterráneo del quechua imperial
que viene del sur y de Cajamarca y, escondido,
en los recovecos de los decires, el culle,
que nunca muere, merced a los topónimos.
Donde quiera que vaya el poeta, en el alféizar
de su ventana, en la cárcel, en el barco que va a Marsella,
en un hotel de un barrio de París, o Berlín, o Moscú,
en las páginas que lo perennizar para siempre,
vive la redacción primigenia, el dulce ofertorio de los choclos,
la lluvia cayendo sobre los tejados en una mañana de abril.

Georgette, París 1926

Estoy en la acera,
enfrente de tu casa.
Te he visto salir furtivamente
a los quehaceres de la tarde.
Ha pasado el crepúsculo
y hay luz en tu ventana.
Me figuro que estás dentro
y que tu espíritu me aguarda.
Estoy listo para el abrazo que se anuncia
bajo el cielo combado.
Pero tú no sabes nada.
Solo has mirado mi sombra chinesca
de vidrio a vidrio en nuestra calle.
Arrufo al que llega y toca la puerta
con golpes de dueño.
Le muerdo la canilla,
le ladro como se debe.
Cuando arribas, te muevo la cola,
pongo mi cara de inocente
para que me acaricies la pelambre.

José Eulogio Garrido

He visto a José Eulogio Garrido en las calles de Trujillo,
arrastrando su pierna delicada,
arrogante como un árbol de las sierras
en el borde de la montaña.
He conocido sus ojos de relámpago,
la boina azul que le regaló César Vallejo
en un día de tertulia, de hermandad
entre los fieles, cuando todo comenzaba
y no nacía la desdicha y no sabían de sus garras.
He leído sus páginas de letras apretadas
que tienen el sabor de la guayusa
de las alturas de Huancabamba.
Y aquellas otras que cantan el misterio y la belleza,
de Chan Chan, la ciudad sagrada de los chimúes.
He mirado con él algún cuadro de Pedro Azabache,
magníficos trazos de las mujeres de Moche,
las pinturas intensas de Teresa Carvallo, de Camilo Blas, los amigos.
Mi memoria lo guarda con una camisa azul
de cálida franela a cuadros, en el invierno de Lima,
con un libro de Azorín en la mano,
con una perenne sonrisa y palabras amables
para Antenor, para Alcides, para Juan, los íntimos,
que percibieron en los primeros versos de César Vallejo,
una voz original que iba encontrando forma,
que venía de las canteras del mismísimo Quevedo,
que daba la mano a Darío con su lira enlutada,
y se iba por los aires a las estrellas, llevando
los sentimientos más intensos de los seres humanos.

Palabras que son frutas y flores

Negro el cofre de tus ojos,
rayas rápidas que son vísperas,
nómades y azules tus pechos
envueltos en cábalas,
antojos rojos tus pies,
aprisionados en cueros,
y tu aspecto de relámpago,
agua corriente que mana
de las entrañas de la caverna
en lo más profundo de la tierra.
Así vives, oh lejana,
deslumbrante belleza
en las ciénagas de mi patria.
Pero vienes a mis aires y te salvas,
moras para siempre
en mis palabras que son frutas y flores.

Ávidos venados

Ávidos venados recorren la planicie
y se internan azorados entre los roquedales.
Apenas vemos a lo lejos sus figuras leves.
Ellos llevan la belleza de estas sierras
que se difumina y desaparece.
Un crepúsculo de plata aparece en los cielos.
Húmedo es el aire, húmedos los rostros,
ásperos los gestos de espanto, cuando se desatan
las nubes y empieza el aguacero y continúa interminable
mientras piafan y se encabritan los caballos.

Robert Desnos, el amor y la libertad

Tú vuelas por numerosas calles de París, la magnífica,
para llegar a la casa de la amada de levedad musical y misteriosa,
y te posas en el alfeizar, negro mirlo de los sueños hipnóticos.
El día se tiñe de rosa en los pasos sigilosos del crepúsculo,
y la actriz canta en los teatros y recibe los vítores.
Una doncella prende la luz en la habitación de la ausente
mientras tú te estremeces de júbilo creyendo que la dicha llega.
Arriba la noche con sus luciérnagas, el regocijo se demora,
siempre se retrasa en todos los momentos de tu existencia.
El holgar no está dibujado en las líneas de tu mano.
Las profundas líneas señalan sufrimiento, dolor extremo.
Tienes a cambio una voz purísima, manantial de los principios,
frescos frutos de variados colores, de amor por la justicia,
de irrefrenable apego por la estupenda libertad.

Vicente Huidobro maneja las palabras

Da olor a la rosa con palabras.
La golondrina viaja tartamuda,
vuela con ella la pena picuda,
abajo pastan, triscan, treinta cabras.
Un reino de sonidos tú te labras,
una vocal en una ele se muda,
es timbre o es erre, hesita la gran duda,
dichos se liberan, te descalabras.
estás en los azules, amarillos cielos,
bebes tu vino blanco con la hermosa
que lleva sobre la frente una rosa,
que sale de tu boca con anhelos
de poseer la lengua tal supremo.
Dios contra el antagonista blasfemo.

Mensaje para Santiago Crebilleros

No tengas miedo, Santiago, no tengas miedo,
sube lentamente la escalera, agárrate de la pared,
cuenta uno a uno tus pasos, los peldaños,
cuando regreses del campanario,
después de hablar con los pájaros
y lanzar al viento a tus compañeras, las de los badajos,
llamando a los oficios sagrados,
sabrás exactamente el número de gradas,
y bajarás con confianza, sorteando todos los peligros,
sin sufrir ningún descalabro.
Teme más a los fementidos, miserables
fantasmas que murmuran en el mercado, en la plaza,
huroneando en la vida de los demás, fisgando,
aguaitando los pecados de las personas de la iglesia,
para esparcirlos por los cuatro puntos cardinales.
Tú eres fuerte, nacido en esta tierra santa,
tus ojos son tubérculos, papas buenas,
con rayas de sabiduría, de ternura.
Te quiero como a mi hermano Miguel. Nunca te olvido.
Un día nos encontraremos
en la parte exterior del cementerio
donde descansan mis padres en su sueño eterno.
Vendré como el viento, ululando.
Y desayunaremos.

El oro de las luciérnagas

El oro de las luciérnagas
atraviesa la lechosa oscuridad.
¿Es mujer o ángel quien cocina y lee
en el fondo del corredor?
Carbones encendidos
iluminan el papel,
el agua burbujea alcanzando
el hervor exacto y en la taza se mezcla
la precisión de lo caliente
con el sabor del anís.
Heredan los herejes
la santidad del alimento:
delicadas ensaladas, aceites,
la bendición de la maga
que sirve los arroces,
gestos, rituales delicados,
la oración de la madrugada
plena de amor.

Georg Trakl camina por el bosque

En lo más alto del tamarindo picotea el mirlo
antes de empezar su canto. Desaparecen las sombras.
Un río de plata circunda los árboles
el día que comienza la primavera.
Filamentos de hermosura, rayos de sol
adoran las verdes colinas. Pululan ya los insectos.
Enfundado todavía en gruesas ropas,
con grandes zapatos que vuelven negros
los escasos restos de la nieve, Georg Trakl
inicia su paseo, la interminable caminata por el bosque.
Las palabras bullen en su cerebro
como abejas que zumban.
Camina y camina, todavía permanece entre los árboles.
Nos habla con la voz de los ángeles.
No dice nada de sus sufrimientos.
La pureza de los seres humanos sale de su boca.

Guitarra en el árbol de canela

Cuelga la guitarra del árbol de canela.
Su dueño busca lejos setas en el bosque.
Baja un pájaro azul, picotea las cuerdas
y se queda azorado cuando escucha un gañido.
Huronea sobre el instrumento y un llanto
sube desde el fondo de la caja. El ave emprende
un vuelo definitivo más allá de la copa de los árboles.
El hombre regresa y acaricia con fruición
la dura corteza del árbol, mordisquea una lámina,
cierra los ojos en éxtasis, tal vez recordando
una remota escena de la perdida infancia.
Luego dondonea en la guitarra una suavisima canción:
dice que la canela es el árbol del amor
y que la música es la máxima expresión
del confuso genio de los seres humanos
alrededor del agua y alrededor del fuego.

Melancolía

Escribí: no me digas que es suave la melancolía,
ni hermosos los campos eriazos al atardecer.
Lejos caminas en la ciudad eternamente blanca.
En duermevela me arrebujo entre las sábanas
con punzante inquietud que me dificulta los sueños.
Desfilan en mi imaginación infinitos conjurados
cubiertos de máscaras elegantes, sus gestos,
lentos y hieráticos, son propios del teatro griego.
En mis cielos soñados aparece la palabra tragedia
dibujada con el humo de los volcanes.
Despierto al amanecer y te llamo por teléfono.
Suena interminable la campanilla y no contestas.
Al mediodía ocurre el milagro: tú me llamas
y me cuentas que soñaste con un baile de enmascarados,
que en esa multitud había un poeta que conocías,
con el rostro descubierto que decía:
La melancolía no es suave, tiene su ponzoña.

El chocolate, el amor y la muerte

En la mañana azul de Barcelona,
cuando tomas un gran vaso de tristeza,
el viento del día y su maleza
te dan chocolate que el amor clona.
Así tu cuerpo se revitaliza,
se hace hermoso al momento,
deja de lado lo más lento
y al calor del amor, amor atiza.
quedas lista para el abrazo fuerte
de Cupido con su carcaj de flechas.
Quieres besos pronto, a las derechas,
Es tu destino, es tu vida, es tu suerte.
Le pasa al débil, le ocurre al más fuerte,
el chocolate azul besa a la muerte.

Pájaro azul

Gualdas caen, hojas del otoño,
y otras de rojo triste, o de negro.
Se van pelando lentamente los árboles,
permanecen los pájaros, trepados en las más altas ramas,
hieráticos consultan a sus cuerpos, la hora y el día exacto,
pues les toca emprender el vuelo,
buscar los calores propicios para el canto.
Como ellos, debo migrar a tierras amenas.
He pasado mucho tiempo en una querencia y en otra querencia.
Primero en mi tierra, la de mis padres.
Fue hace tantos años. La muerte se lleva a la gente,
la incuria y la naturaleza, aguaceros, terremotos,
acaban con las casas de materiales nobles.
Levanté mi casa en otra ciudad, con otras personas.
Mis hijos también migraron, como los pájaros.
No sé para quién emito mis gorjeos.
Tal vez haya otra ciudad para mí, un pequeño poblado.
Tal vez pueda ser ahí la hoja gualda del otoño,
arribar como un pájaro azul cuando empiezan los calores.

Los sonidos
en el silencio

Es curioso cómo el sonido y silencio se contraponen. Pero uno vive dentro del otro. La mezcla de sonidos la llamamos ruido. Y en medio de la algazara nada oímos, salvo esa algarabía que incomoda, una pobre pariente de la quietud de las estancias. En lo que llamamos el silencio absoluto de las madrugadas, se oyen mejor a los insectos, adivinamos su presencia, su mundo paralelo. Y el ladrido de un perro distante penetra como un rayo en nuestra oreja. Aquella que amamos y no está con nosotros está presente gracias a su ausencia precisamente. Le hablamos entonces a ese hálito. Y eso es tan importante que no sabemos si murmuramos las palabras, las bisbiseamos, o las decimos en voz alta o solo las pensamos. En estas encrucijadas y paradojas estamos confundidos. No sabemos optar entre el sonido y el silencio. Palas Atenea acude en nuestro auxilio y nos dice: escribe.

Quema el aire

Quema el aire, candela pura.
Un enjambre de moscas negras la mesa.
Zumban los zancudos y nos mantienen en suspenso.
Nuestras blancas camisas tienen mangas largas,
en estos calores llevamos gorras con orejeras.
No hay prisa, ninguna, en la tertulia de los fieles.
Quedos hablamos de las desdichas de las zonas altas,
de la desesperación de quienes viven cerca de los ríos,
y conversamos de la cólera de las aguas marrones
que han dañado nuestras casas circulando,
como si fuese algo natural, por calles y plazas.
Cuidado con las aguas empozadas, la muerte
pone huevos y tiene alas, viene con música,
ataca en cualquier lado. Aguaceros de flores rosadas,
ángeles de fuego, trabajaron mucho en este verano,
es tiempo del otoño, recuérdenlo, regresen otro año,
con prudencia, con buenos modales, téngannos paciencia
a los hijos del desierto que amamos los oasis.

París tiene dagas

Cuando llegas a París y tienes dinero para tres semanas,
no es la belleza de los museos la que te atrae,
tampoco la magnificencia de los barrios más antiguos,
solo el Sena, imagen de tranquilidad, con sus melancólicas aguas.
Juegan los niños en el bosque domesticado
y un fúnebre escalofrío recorre tus piernas y tus brazos,
tu indómito corazón, y vive en una lágrima.
Has venido para morir, lo sabes, lo has dicho,
y lo escribirás mañana como aquellos vates griegos
que contaban el futuro de las naciones en el ágora.
Los dioses te han dado algunos años, los días pasan
como relámpagos, para que crees y pulas la perfección de tu canto.
Vivirás de barriga a veces, estarás hierático en los hospitales,
pero tendrás días de auténtica primavera con hortensias
y no con rosas de numerosas espinas y de espanto.
El tibio sol de los otoños será propicio para tu escritura.
En tus venas corre la sangre de Quevedo, la de Darío, la de Garcilaso.
Los que moran en el Olimpo, reclaman a los mejores,
a los que son como tú, César Vallejo, fuegos rápidos.

Libre asociación de ideas

César Vallejo conversa con César Moro
en la casa de Alina Silva, en París, 1925.

—No entiendo lo que usted escribe —dice Vallejo.
—Lo que usted pergeña, no lo comprendo tampoco.
—Caballeros —dice la dama, ¿entienden por un acaso
este texto que un fantasma trajo anoche
y me lo dejó junto a la lámpara?:
Tus dedos son corceles en la noche y bisagras.
Un viento helado chorrea escarchas dentro de las cerraduras
y hay nubes de algodón debajo de los techos de las casas.
Vuelan los novios entre las ventanas cerradas.
Marc Chagall duerme, acurrucado en una alfombra
de filamentos vegetales, de origen chino,
cuyo nombre original es tatami.
Magritte sale a la intemperie y se tropieza
con un ángel verde que lleva en la mano una lanza de oro.

Desolación

¿Acaso saldrá alguna vez algo bueno de estas pútridas aguas?
Es inmensa esta noche, la luna con sus hermosas colinas.
Vuelven los alacranes a merodear por las orillas verdosas y pálidas.
Otra vez las lagartijas desaparecen uno a uno de los insectos del desierto.
Todas las cosechas se han dañado, los algodones, las vides.
Quien no perdió la vida por el dengue, por la rabia,
deambula por los campos, sin casa, ciego, sin lágrimas.
Sin embargo, el hombre persiste, danza con esperanza.
Cuando se seque la laguna, en unos meses, sembrará
limones y mangos, naranjas, mandarinas, forraje para el ganado.
Preferimos la milenaria locura del río, sus aspavientos,
a la sequía que cuartea la tierra y deja rajaduras en los cuerpos,
zanjas y abismos en los corazones y en el alma desolada.

Retrato de
Arthur Rimbaud

Un rayo, cabellos en desorden, labios finos, apretados,
duros, mirada clara, pura, intransigente. Más allá
el infierno y el paraíso mezclados en una misma textura,
amasijo de voces de toda la humanidad.
El vidente tiene exigencia de libertad, de espacios abiertos,
para mejor luchar consigo mismo y con los demás
que tienen cuchillos y sierras, lenguaje de crápulas
en las aguas putrefactas de la sombría abyección.
Lejos de la paciencia, de la concesión, la límpida escritura,
la extrema capacidad de ser el lenguaje mismo
despojado de adornos superfluos, de blanduras, transigencias,
fáciles deleites de los artistas de la cerveza y el café.
Decir lo que hay que decir bajo los cielos despejados,
en las buhardillas, en los cobertizos de la madre severa,
en las encrucijadas de los caminos, caminante de suelas de viento
que bordea los abismos, los campos de las mieses,
las mismas marismas del Paso de Calais.
Un relámpago en la noche de la escritura. Un silencio lunar.
Es otro el hombre que pasa meses en Java, en África,
que comercia con el oro, que busca el nacimiento de los ríos
y que decide no ocuparse, nunca más, de aquello que fue su arte,
su gozo, las vocales danzando con los colores, los barcos ebrios,
los puentes repitiendo en infinitos espejos,
las ciudades maravillosas, iluminadas, el lenguaje cruzando
las llamaradas, envolviendo la Vía Láctea y lo de más allá.

Altas cúpulas

Altas cúpulas se duplican en el agua
y puentes en las orillas, en los ribazos.
En la mañana la corriente es cristalina,
parda y terrosa con los dioses de la tarde.
¿Dónde está la realidad? Arriba en la iglesia,
en los campanarios, en los badajos
que mueve el ciego Santiago llamando a los fieles
o en esta agua que corre sin parar con sus máscaras
tan diferentes una de otra, como el rocío de la mañana
y los gruesos goterones de los calores de la tarde.
Heráclito escogió hace milenios: lo que fluye
es más real que lo que permanece.
La historia no tiene centro, no es inmutable,
y la realidad pasa como el viento, como el tiempo,
como los atardeceres. Fluye y nos envuelve.
más real es entonces, la cúpula que se refleja en el río,
que aquella otra que la consiente.
Vivimos la paradoja de que lo que pasa,
dura más que lo que permanece.

Henriette, 1923

En la noche, cuchillos, apenas lámparas.
Lianas rozan tu rostro, manos, dedos,
sosteniéndolo de manera inversa.
¡Esos codos! Nada cae y sonríes, lechosa.
Parece que se te quiebra la mano
cuando la mueves, muñeca.
¿Cielo? No hay cielo, salvo tus hoyuelos.
¡Oh misteriosa!

César Vallejo, París, 1927

Han caído las hojas del otoño. O siguen cayendo.
No hay palabras para tenerlas, para definir sus matices.
Granate es lo que más se acerca, pero también negro,
o ambos colores con sus infinitas variedades,
y cuando crees que aciertas, que has dado con el nombre exacto,
brilla en el suelo una hoja gualda, intensa, oro del Perú
en una lámina delgada, viva, el aire de lo lejano,
de lo perdido para siempre en la tempestad de los años.
Las líneas de la mano dicen que eres el caminante,
que defines tu sendero cada día, en las encrucijadas,
que no hallarás reposo salvo en los cafés de París, a veces,
para escribir con tu letra inconfundible, versos que durarán
como los días, como los pájaros que siempre vuelven,
como el murmullo del mar en todas las costas de la tierra.

Pluma y espada

Ora toma la pluma, ora la espada,
Garcilaso, el poeta competente,
escribe endechas a Isabel Freire,
prometiéndole el amor eterno.
Nadie habría dicho en su tiempo
que ese decir era lo verdadero.
El arte de la poesía dura
más que los astrólogos afamados:
si abres un libro verás que persiste
el antiguo afecto de Garcilaso
en esos encendidos versos finos
que hablan de un amor imperecedero.
Las guerras de ese tiempo han acabado,
los cuerpos de Isabel y Garcilaso
yacen siglos debajo de la tierra
y el amor que se tuvieron persiste
con el perfume de la primavera.

Otilia Vallejo Gamboa, 1920

Me acosa el dolor como una jauría de perros.
Mi altivo corazón no comprende. Alfalfales, cebadales,
son testigos de tu pérfido amor que decías eterno.
He vuelto para abrazarte, para besarte, para llevarte conmigo,
y no has sabido esperar a tu querido andariego.
Hablas a media voz, tienes como siempre respeto servil a los mayores.
Ningún temor acompaña al amor verdadero.
Se lanza por los caminos, por los descampados,
conoce los desfiladeros, los abismos, las tinieblas.
El tuyo es quebradizo como escarcha de invierno.
Me dices que amas a otro, a un vecino de nuestro pueblo.
No sé si él sabe que me perteneces por un juramento,
y que soy tuyo, como lo sabe Santiago, el apóstol que veneramos.
Como brujo vaticino el futuro y te lo diré, aunque me duela:
no tendrás hijos, no cumplirás los ritos del himeneo.

Gañido del mar

El mar tiene su propio lenguaje, el de los murmullos.
Interminable, habla para sí mismo, durante las mareas bajas.
Monologa. Personaje del teatro isabelino. Habla simplemente.
No le importa que lo escuchen. Sabe bien que, lo que dice,
no puede traducirse al lenguaje de los humanos.
Lo oímos sin embargo y nos gustan sus gañidos.
Apenas podemos saber que no tiene ira, porque llega
con mansedumbre a las orillas en las noches de luna,
pero a veces se encrespa y muestra su hocico de fiera.
Entramos entonces en pánico y el agua blanca se pasea
por la superficie de nuestros pálidos muelles.
Se tambalean las embarcaciones, caen mercaderías
a las aguas furiosas, que abren sus negras fauces,
A veces muere un marinero, arrastrado por el infortunio.
Al día siguiente, parece que nada ha pasado. Líquidos mansos,
se parecen a las madres dando el pecho a sus niños.

Poesía y vida

¡Cuánta imperfección en lo que vivimos!
Acaso el paraíso sea una pura palabra,
un farol en la noche azulada para iluminar
el sonriente camino de los incautos.
No lo sabemos, desde los desfiladeros
lanzamos a lo exacto y verdadero nuestros dardos.
Queremos ser parte de la belleza,
de la limpidez de los cielos blancos.
Sabemos que nunca lo conseguiremos,
pero persistimos, como Aquiles o la tortuga
en su endiablada contienda milenaria,
como Sísifo llevamos una a una las piedras
del borde del mar a lo más alto de la montaña.
La poesía es eso, el reino del silencio,
del que a veces salen palabras que flotan
como hielos en los lagos eternos del desconsuelo,
o como verde alegría del árbol dorado de la vida.

El gozo de la lengua

Un poema se escribe por el gozo de la lengua,
es eso lo que cuenta, y después lo que me digas.
Eres un alegre prisionero del oro de las palabras.
Aparecen a borbotones en tu cerebro y en tu boca
y salen de tus dedos en un orden misterioso.
Apuntan a lo que quieren y no hacen concesiones,
dicen lo que desean, con su real gana. Tú eres
el amanuense y es el Dios del lenguaje quien escribe
y te provoca la fiebre, el delirio de la escritura,
la engañosa sensación de que dominas la gramática,
el léxico entero de la lengua que hablas. Siempre estás
en el primer año, y tu severa maestra es la santa poesía.

Leopardos

Sueño con los leopardos, con sus ojos verdes
y sus cuerpos elásticos danzando en las montañas.
Vienes entre ellos, diosa de las fieras,
tus ojos semejan la tranquilidad de las aguas,
son láminas, tienen filamentos, relámpagos.
Produce tranquilidad y desasosiego con las alas desplegadas.
Sabes andar con tus congéneres,
tus manos y tus pies tienen garras.
Paralizado, en la copa de un árbol,
definir tus encantos soñolientos:
Vas como dormida, en trance, en el soto del bosque.
No puedo ocultarme y bajo con el pecho descubierto,
con el corazón en la mano me inclino en una zalema.
No sé qué harás conmigo, ¡oh despiadada!

España melancólica

Amo a España melancólica, a sus tristes resplandores,
no a Pizarro despiadado ni a Cortés y sus secuaces,
amo a sus letras prodigiosas, las de Manrique, las de Quevedo,
amo a la mezquita de Córdoba donde yace el Inca Garcilaso,
a la pequeña ciudad de Montilla donde Gómez Suárez de Figueroa
tenía palique cada noche con Miguel de Cervantes Saavedra,
pues eran los más ilustrados de ese dichoso pueblo,
donde corre el vino blanco que llaman fino
por múltiples razones, y se sirven aceitunas deliciosas.
Amo a Ronda, plácida en sus castillos, donde Rainer María Rilke
pasó un invierno escribe que te escribe, sin cansarse.
Me encanta Burgos, la ciudad de Ruy Díaz de Vivar,
el campeador insigne, con quien comienza cierta historia,
y San Millán dela Cogolla, donde hay unas letras misteriosas,
las primeras del antiguo castellano, y las hay vascas también,
aunque esto se sabe poco o no conviene que se diga,
pero la poesía es atrevida y abre puertas y ventanas,
deja que el aire circule, y por supuesto, las verdades y palabras.
Disfruto de Madrid y paseo por sus calles, aquí estuvo César Vallejo,
Aquí Pío Baroja, y Ramón del Valle Inclán, mi maestro de la prosa.
Lo que más me gusta de todo es el acueducto romano de Segovia,
esa pequeña maravilla en lo alto de los pilares, con agua circulando
veinte siglos, como si el tiempo fuera eterno y no hubiera muerte
ni en la Roma de César, ni en la Hispania que habla latín como algo propio.

Un aceite contra dos vinagres, París 1925

Algarabía de niños judíos en el patio de la vecindad.
Saltan la cuerda en el comienzo del otoño,
la soga, como la llamamos en mi patria.
Aceite dicen cuando la soga va lenta,
vinagre gritan cuando va rápido.
Pasa César Vallejo con su mirada de águila.
Busca una pequeña habitación para sus pasos cansados.
No la encuentra. Mañana será un mejor día.
Mañana. Mañana. Mañana. Mañana.
En el interminable café de la tarde el poeta escribe:
La cólera que quiebra al hombre en niños,
que quiebra al niño en pájaros iguales,
y al pájaro, después, en huevecillos,
la cólera del pobre
tiene un aceite contra dos vinagres.

El padre eterno

Hablo con el mar en las madrugadas,
calibro su ronca voz inquietante
cuando la temperatura baja y baja
y tiritan sus palabras en un murmullo inacabable.
Entiendo su trajinar pausado en casi todas las jornadas
y sus iras santas cuando lo enojamos con torpezas.
Animal sagrado, serpiente de dos cabezas, manchas
negras, azules, verdes, plateadas en las mañanas,
raíz, célula de la vida que fluye y se acaba,
el mar es lo que permanece, lo que crea todo,
el padre eterno.

Gonzalo More, París, 1928

Anduve por París, rengueando como un perro escuálido,
filamento de la ternura de la manada de peruanos,
prodigando mis esfuerzos, yendo de un lado a otro lado,
estragando mi salud, con vino y jazz en las noches pálidas.
El amor y la muerte chocaban sus afiladas dagas,
gritaban al unísono, bebían del mismo vaso.
La pena de mis amigos me cuidaba
en los graves momentos álgidos.
Mi vida se pasaba en grotescos despilfarros,
el día era oscuro y las noches blancas, blancas.
Durar no me importaba, ni las riñas más aciagas.
París era una fiesta, dicen, y mi trago largo, largo.

España, aparta de mí este cáliz, 1939

Salimos de la guerra derrengados, bajo las férulas.
Salvamos la vida por milagro, sentimos el desdén de la muerte,
el odio no lo sentimos, todo era pura bala.
¡Tanta sangre roja entre las manos! Y el granate en emplastos.
Y los enterrados a la diabla, sin sus nombres,
sin una señal ni una cábala.
Desaparecieron a Lorca, que era un duende de la palabra.
El poder hechiza a los desgraciados, en ellos es más fuerte
que el amor y que la gracia de la primavera de su madre.
Tenemos que sembrar en tierra extranjera, o escondernos
por muchos años. Tal vez nunca veamos al Duero, al Manzanares,
a las calles de Madrid, a las de Valencia que Ruy Díaz quería tanto.
A España en el corazón la llevamos, el futuro se nos mezcla
con lo acerbo de todos estos días, meses y años tan amargos.

El río del corazón

Hay un río que corre dentro de mi corazón.
Es el mismo que tenía mi padre,
aunque está más cerca del mar.
Se encabrita en el verano
y a mí mismo me hace daño,
pero es apacible cuando baja el calor.
Si se secara, no habría escritura
y no sabría ni hablar. Nada podría.

Pulsiones

Tengo dos pulsiones, o una, con dos climas.
Apuntan al verano o al invierno, según los casos.
En medio de los calores, quiero abrazar a tu cuerpo que tirita,
hundirme en las escarchas de tus ojos, navegar en tus aguas heladas,
subir a tus colinas, a tus montes benditos de cielos despejados.
Y en los fríos intensos, cuando el día se cierra amenazante,
anhelo tus aguas termales, de azufre y vapores en espirales,
descansar a tu costado, cosido a tus curvas magníficas
y súbitos repliegues ahumados. Eres la mujer insólita
en los estíos tumultuosos y en los gélidos ásperos.

Mundos paralelos

Hay días que cambio al mundo en la duermevela del verano,
frente al malecón, con sus ritmos, las olas y su furia
me parecen una lluvia de albaricoques, de semillas mágicas,
y cuando lo cuento en una rueda de amigos, Isela Arce, la bióloga,
me dice que los carámbanos de las sierras le evocan
manzanas de los cielos que caen en sus manos,
y las nubes corriendo por los aires para ella se semejan
a los carros de los antiguos griegos en Atenas.
Tal vez, me digo, ese mundo imaginado, sea más cierto,
que ese otro donde pululan con sus tratos los seres humanos.
Abro un libro de Wallace Stevens, qué delicia, que fruición,
leer las palabras de un verdadero emperador de los helados.

El escarabajo de oro

Tengo un escarabajo de oro en una caja
y miro tu caja cerrada con aprecio.
Imagino que tienes otro escarabajo de oro
y quiero disfrutar su belleza mientras noto que tú también
deseas solazarte con mi animal que te intriga.
Hay quien piensa que mi escarabajo no es de oro
y lo dice a grandes voces en calles y plazas.
Es un orate hablando solo porque a mí no me conocen
en esta ciudad extranjera de habla extraña.
Nada les importo a los viandantes.
Soy hombre que camina solo con una caja de cartón,
y que va detrás de una mujer que lleva otra de madera,
nadie piensa que esa pareja
guarda en sus cajas dos escarabajos de oro
o solo palabras de un poema que se llama
El escarabajo de oro soñado
por un loco.

Empedrado

La soledad camina por el empedrado.
Otra soledad la sigue como esclava.
Cada una lleva un escarabajo de oro,
muy bien envuelto entre cartones.
Las soledades, ya se sabe, son eso,
carecen de las habilidades del lenguaje,
su hablar es unívoco, sin interlocutores.
Soledades, guiñapos, apenas seres humanos,
no saben hablar, como los escarabajos de oro.

Escarabajo soñado

¿Qué hago, Dios mío, si en mi caja
no existe un escarabajo de oro?
Es ligera de contenido, parece tener solo aire
o unas briznas de paja amarilla
que por su levedad son menos que una pluma
ligera en esos pálidos cartones.

En mi mente está el escarabajo de oro,
sus antenas y su abdomen, metal precioso.
pero de nada me sirve su cuerpo hermoso,
reacio a todo contacto pues es soñada maravilla
que no puedo utilizarla para obtener algo en el mercado.
No tiene valor de cambio en el extremo del mundo.
Estoy en las ventiscas, encaramado en el no ser
del tiempo de una noche inacabable.
Hay un escarabajo que camina, que parece olisquear
mi caja y que me dice en su lenguaje que no es de oro.

Dos soledades

Tu soledad va por los caminos del mundo
y con sus garras poderosas me arrastra.
Parecemos dos soldados, mujer y hombre,
hechos guiñapos, apenas hablándose.
Afuera hay buenos modales, cortesías,
adentro el amor intenso de las soledades.
Ellas saben que no hay modo humano,
que cada una es un escarabajo en su caja.
¿Es inútil el lenguaje para hablarse?
¿Será posible entenderse con números?
¿O siquiera con lo básico: el rumor del viento
jugueteando entre los árboles y las flores?

El guardagujas
de Granada

Voy por el Paseo de los Tristes
anhelando ser guardagujas,
un rapaz zascandil
dueño de los trenes.
Aquí está el Genil
de aguas mansas en el otoño
y la Alhambra con sus asombros
y el desdichado destino
de los que la soñaron e hicieron.
A lo lejos, las cumbres nevadas,
el cielo azul de noviembre.
Y en mi mente van pasando
y siguen pasando los vagones
de los trenes inexistentes.

Lalande

Lalande es la voz que designa
a Clarice Lispector y la baña
con su ternura,
una lágrima de ángel,
un narciso pequeño
que la brisa mueve
a un lado y otro.
Lalande es el mar
cuando se empieza a ir
la noche,
esa madrugada
que ninguno ha mirado
porque es una promesa,
Lalande
es una niña que quiere
saber qué hay después
de la felicidad y antes
del abandono.
Púber que busca
a Baruch Spinoza
para tener alguna certeza.
Lalande es un desmayo solitario
antes del abrazo compulsivo.
Es la vida que pasa como un río
invisible, sin orillas,
de entrañas transparentes,
que se hace huracán
en tus sueños misteriosos.

Córdoba, noviembre 2019

El patio empedrado de Córdoba,
con sus blanquísimos jazmines,
tiene el penetrante olor de la dicha
suspendida en el delgado hilo del tiempo
de las aguas eternas del Guadalquivir.
Ibn Arabí está volando por los aires
buscando el rojo sol de medianoche
y la extraña belleza del amanecer.
Los días son perfectos. Y la respiración.

El suplicante

Está implorando en la puerta.
Conoce tu mirada, tus delicadezas.
Quiere que abras tus tenazas
y desea hundirse en el centro de tus carnes poderosas.
Invoca a Eros en el solemne petitorio
y toca tus muslos con elegancia.
Nada dices, Afrodita, nada dices, oh diosa.
En tus severas magias dejas que el varón
investigue en tus hendiduras.
Tu propia sensualidad parece ajena.
Lo abrazas al final y sale tu lágrima.

En los aires ralos

El amor es uno y no necesita respuesta.
En los aires ralos te adoro y te deseo.
Lejos de los humanos y lejos de los pájaros.
Fuego abajo, fuego arriba, dos incendios.
Agua en tus labios, en tus dedos, humo.
Otra vez el fuego que se propaga
en los aires ralos, inmensos incendios en los cielos.

Esposa de soledades

Noches encarnizadas.
El sufrimiento se llama Alfredo Gangotena.
Las lágrimas son espesas. El mar Rojo las llaman,
las agujas son intensas, los cuchillos son caimanes
y las navajas tiemblan.
¿Cuánto ha de durar el horror, la tempestad secreta?
Hay fiebre en los ojos, en las palmeras, en los cristales.
¡Lejos estás, entre montañas, oh amada inolvidable!
Tengo aquí a la muerte anhelante en sus albendas
y almizcles en las infinitas esperas.

Zopilotes

Agazapado en la cornisa, el zopilote
cree que tu corazón es basura
y calcula desde lejos su combate.
Baja como un rayo a hurgar en tus entrañas.
Encuentra tu diamante
y no sabe qué hacer con esa hermosa dureza
que lo desconcierta.
Fluye la vida en tus ojos
y el zopilote se incendia en esa sombra.

La sombra de
la sombra

Soy para ti como una sombra,
la sombra misma, la tuya que a menudo ignoras.
Vives en tu mediodía perfecto, en tu seca lágrima,
y supones, enceguecida por el sol, que no hay sombra,
quién piensa en su sombra, cuando no hay sino calores.
Pero ahí estoy, husmeándote, agazapado en tu cuerpo,
proyectándome en las primeras horas de la tarde,
dibujando tu figura en el césped, en las aceras,
en las calzadas inclementes de la ciudad adormecida,
y casi te abrazo en el ocaso del día, y me hago uno contigo
cuando duermes y sueñas conmigo y deseas que vuelva,
como antes, cuando decías que me querías.

Néstor Martos

Hay imágenes que salvan mi vida, le dan sentido.
Mi padre está escribiendo en el lento sopor de la tarde.
Tiene una rapidez que asombra. Van sus manos
por las teclas como ciegas mariposas.
Sus palabras son exactas, su verbo prodigioso.
La potente luz de la lámpara ilumina el espacio de las letras
y deja entre sombras los contornos del escribiente.
Aguardo en silencio, precavido, con religiosa expectativa,
esperando que termine.
De Grecia viene, de Roma, su sabiduría antigua.

Campanas

Vuelan las campanas en los senderos, entre los árboles,
los badajos vuelan, suenan en las paredes de bronce,
despiertan a los murciélagos, colgados en las ramas,
acompañan a los pájaros en sus gorjeos. Se inicia
la mañana en la vastedad del primer día del verano.
Amarilla la luz aparece detrás de la montaña,
un manto de serena templanza
en toda la inmensa bóveda celeste.
Ahí está el murmullo interminable de las horas del día:
hombres, mujeres y niños comienzan sus afanes.
Solo acabarán cuando calle la campana de su corazón
y el dueño de la vida les cierre los párpados insomnes.

Colores

Desfilan las flores y los frutos amarillos:
girasoles, maduros mangos,
tarde de hilos de oro, diademas,
mariposas, hijas de las claridades.
Un oleaje vuela en la transparencia
del día que deja su campo de rosas.
Se esfuma la luz y llega la noche
con sus temblores oscuros y sus ciénagas.
Solo se siente al mar con sus eternidades.

Visiones

Dejo atrás los sonidos de la calle y subo por una escalera de mármol, hasta una galería repleta de salones de belleza que me enceguecen con sus luces y sus insólitos letreros, depilado hindú, permanente brasileña, y parloteos que adivino desde lejos por los movimientos de los labios. Cruzo una verja y sigo escalando por unas gradas alfombradas. Una puerta se abre y una sonrisa de mujer en las sombras me invita a sentarme. La muchacha barre, discreta, y la estancia va quedando muy ordenada. Luego, por señas, me invita al reposo, en la gran cama, debajo de las sábanas. Es algo insólito, no previsto, me acuesto completamente vestido y ella hace lo propio. Estamos en actitud religiosa. Y nuestras manos empiezan a buscarse en esas oscuridades.

Flores

La gente piensa que los artistas tienen memoria excepcional. Que recuerdan cada uno de los días de su infancia y los plasman en dibujos o cuentos o poemas. Eso es una verdad a medias. Casi todos los seres humanos tienen visiones excelentes de su infancia. El tiempo hace su trabajo, y el ocio creativo. Hay algunos poetas que suman a su memoria los sucesos de los demás. Hace tiempo escribí sobre los recuerdos de Milagros. Los pude verter al papel con mucha fidelidad. Un día empezó a mandarme flores, exactamente fotografías de flores que acumulo en mis archivos. Y no sé qué quiere. ¿Que escriba poemas sobre flores de las que nada dice? ¿O que me quede en la pura contemplación? Le preguntaré, pienso, pero no sabría qué hacer si en respuesta me mandara una fotografía de otra flor.

Poderoso

De lo desconocido emerges, de las simas de los océanos,
de lo más oscuro de las cavernas, del polvo de los minerales,
de las tormentas eléctricas, de las pesadillas interminables,
del combate de los tiburones, del pavor de las gacelas.
Ejerces el poder, tienes sus desplantes, el aura de lo inmutable
pero acabarás, como finaliza el sufrimiento de los agonizantes.
Serás una línea en la página del olvido, y luego nada,
la solemne quietud de lo que nunca fue, o tal vez, no me acuerdo.

Muralla china

He levantado una muralla china
que rodea mis sueños secretos,
los pone a salvo de los intrusos
y me mantiene sosegado y sigiloso,
viviendo el ritmo de la escritura
y el vuelo de las vocales
que juegan entre las ramas de los árboles,
en la orilla bondadosa de mi territorio.
Al atardecer subo a los torreones inmensos
y observo perderse a lo lejos
las curvas de los caminos polvorientos,
las blancas nubes de algodones
en la calma absoluta de la noche que llega,
libre de pensamientos inanes, de deseos,
la perfección vacía del trabajo de la palabra.
De pronto vienes por los aires,
traes las noticias ásperas del mundo
y abres en la madrugada los portones de la muralla.
Y quedamos a la intemperie, conociendo
los espasmos violentos del universo.

El silencioso

Homero, a quien llamaban ciego,
veía con claridad los conflictos
y los afectos de los hombres y los dioses.
Así Mo Yan, el silencioso, habla
con las cortezas, las hojas y las raíces
de los árboles y los animales
que pastan en los campos.
Mo Yan se alimenta de flores
y el negro carbón de las hambrunas
y escribe en las noches con caligrafía china
sobre el modo de ser de los pastores
y de la gente que vive en los pueblos más remotos.
Habla del dolor, de la esperanza, del desasosiego,
de niños, muchachas y muchachos, mujeres y varones,
en las inmensas estepas, en los bosques y montañas
lejos de las ciudades llenas de autos, bicicletas y bares.
Recoge la sabiduría de la vida y la vierte en sus cuartillas.
Cava en lo más profundo de la tierra feraz
y encuentra el oro de las palabras.

Sueño

Es muy magnífico y sencillo
Pedro Calderón de la Barca,
que un poderoso viento esparza
decires, pregonera fama
que emana de su pluma de oro.
Sabio en el pueblo, en la corte,
dice solo verdad, un puño:
Se viven rápido sueño,
rápido imán de la muerte.
Pedro Calderón de la Barca
no tiene las justas monedas,
en las orillas del Leteo,
para pagar el viaje al olvido,
y esa es nuestra buena suerte.

Luis García Montero

Es el lírico de mucha experiencia.
De la mano de Lorca, enjoyada,
cultivaba las lunas de Granada.
Manejar las palabras era ciencia.
Esas tierras siempre fueron su querencia,
Olivos de Jaén, abracadabras,
metido entre ciegos y las cabras:
Candelas de la vida, adolescencia.
Él defiende a gritos la poesía:
en recitales de Fuente Vaqueros
arroja a los cerdos a chiqueros,
regresa a escribir con energía.
Finura en el verso castellano,
caballero escritor muy ciudadano.

El emisario de Dios

Vi a Roberto Arizmendi bien trepado
en esos grandes aviones de Dios.
Salen de México a todas las nubes.
Llevan la poesía hasta el buen mar.
Suben a las montañas los poemas,
sube Roberto su hermosa dicción.
En sus maletas lleva unas corbatas,
colores vivos de Tenochtitlán,
verdes tunas, brillantes chiles rojos,
Mole color chocolate o azul.
Va repartiendo risas por el mundo,
miles de libros, abrazos de amor,
sabiduría de los grandes mayas
y fina música de Lila Downs.

Sigmund Freud

Ese hombre que piensa, razona y decide,
es el maestro de la sospecha y el olfato,
siente que, debajo del piso sólido que conoce,
hay aguas cenagosas, corrientes de violencia,
desconocidos dioses de innumerables caprichos
que mueven a la vida como brizna diminuta
que va con el viento por los espacios siderales.
Los sueños, ¿qué son los sueños? Verdades
encubiertas por rasgos del terror o la belleza.
La vida tiende a perpetuarse, el sexo es su antena.
No sabe el sabio si existe el amor, no lo sabe
durante todos los días de su fulgurante existencia.

Princesa durmiente

Hay una lágrima congelada en el rostro de la dama,
detenida en el tiempo circular de su memoria,
a orillas del río Garona, en el Burdeos de su corazón.
Lejos está el burbujeo de Lima, la poesía de los bares,
el vino ingrato, dos veces ingrato del amor.
A todas partes va con ella esa lágrima
que no termina de salir, es un imborrable lunar,
un verde oscuro eucalipto de la sierra del Perú.
No lo hagas, dice ella al amado, no me mandes
solo tu voz, ¿por qué te gusta hacerme sufrir?

Fotografía de Miguel Gutiérrez

Miguel Gutiérrez movía los brazos como aspas de molino
y tenía gestos teatrales cuando se reía de sus propios relatos
en los calurosos lugares escondidos de cebiche y zarandaja.
En las madrugadas dejaba el cálamo y acariciaba los lomos
de Lu Sin, que cerraba los ojos y movía los bigotes
mientras ronroneaba despierto en sus sueños verdaderos.
Miguel acomodaba luego las cobijas de tigres en el invierno,
haciendo un lugar a la altura del final de la cama
para el solemne descanso del felino compañero.
Un día, cuando dormía, descubrió una historia,
él mismo era un gato que escribía historias alucinantes
sobre perros viringos desesperados en combates callejeros.

Meditación sobre Georg Hegel

Hace frío en las noches de Tubinga,
se cuela el sufrimiento entre los huesos,
lo vertical y lo inmutable del destino tambalean
por la voluntad sagrada de los hombres
que juntos avanzan en síntesis circulares.
Hay tantas variables que nadie sabe lo que pasa,
solo la astucia de la razón se desliza
entre las púas de la vida y los monstruos
que alimentan las catástrofes.
El vino de la verdad es llevarse a casa
la cosecha de lo existente, lo que no se ve,
el espíritu de los aires, el tiempo que hiere
mientras huye como Francisco Quevedo
en su torre del olvido, confinado.
La vida solo se conoce en sus finales,
en las perfecciones que soñó Platón,
que van más allá de los sueños
y de los mismos sucesos inimaginables.

La Musa de Dante

¿Qué haces arrebujado entre mantas
en un rincón de la casa, de pie, como un pino solitario
en las puertas de la senectud?
Hablo con el alma de Ana Ajmátova, la poeta rusa
a la que se le apareció la musa de Dante
y guio su mano trémula como poderosa luz.

Lástimas por la muerte de Marina Tsvietáieva

Poesía es una víspera.
Ahí está el nudo corredizo
de la muerte.
El día es bello
y la pálida nieve
y el rojo torrente de las fresas.
La oscuridad tiene cascabel
y silbidos de tragedia
y le da a Marina su lástima.
La reina friega los pisos,
escribe una dulce carta a su hija.
Y acaba.

Mar de La Habana

He caminado con Roberto Fernández Retamar
largos trechos en el malecón de La Habana.
Hombre que sabe mucho, me decía, y tan sutilmente
hace pausas en su discurrir, meandros de agua fresca.
Su risa llega lejos en el mar, acompaña al sol
mientras anochece. En su palique
comienza con Garcilaso y Guamán Poma,
perora de sus diferentes maneras
de hablar el castellano, de hacer suyas esas
hablas peninsulares, y llega a Martí con orgullo,
mientras recoge un papelito escrito que viene
volando y cae al suelo, con la misma prosopopeya
que lucía Miguel de Cervantes Saavedra.
Ahora enrumba hacia César Vallejo, hacia la magia de Trilce,
hacia el gusto de hacer siempre nuevo el idioma,
como Oliverio Girondo, como Vicente Huidobro,
como Alejo Carpentier, como José Lezama Lima.
caen las sombras y Roberto Fernández Retamar recita
un poema de Eliseo Diego que habla de los domingos
cabizbajos que son en su tristeza casi lunes.
Pero ahora es sábado, me dice.
Cuando parece haber acabado, musita el nombre
de Julián del Casal, luego lo grita frente al mar,
hace una reverencia japonesa y calla.

Imagen de Pablo Macera

Recuerdo a Pablo Macera plantado
en una esquina del barrio del mercado,
buscando manjares de China en la mañana,
dulzura en los ojos de las muchachas.
Extasiado con los verdes de la selva
que se salen de los marcos de la pintura,
dice que no es sabio, insiste y sostiene
que el tiempo lineal es un invento judío
y el tiempo circular es el del principio
que al final nos lleva por el aire del paraíso,
es la imagen de la espiral que sube y sube
y baja cuando quiere a las profundidades
donde está tu corazón con su carcaj de flechas.

Dama de blusa roja, bajo los retratos de Palma y Arona

Queda opacado don Ricardo Palma
con el rojo intenso de tu belleza,
observar de reojo es su proeza,
para lograr por fin algo de calma.
Se ha conmovido tanto que se empalma
con Juan de Arona, triste en su cabeza,
anonadados ambos, sin destreza,
inermes, tan oscuros sin su alma.
De qué sirve saber tanto si pierden
el sentido más puro del disfrute,
suplican a los cielos que los mute,
sus sufridos semblantes que concuerden
con tu risa tan roja de mañana
que despierta a los dormidos y afana.

Dama de blusa verde bajo los retratos de Palma y Arona

Asombrado don Juan de Arona mira
la punzante belleza de tu cara.
Precario en su cuadro sí repara
que un siglo te distancia de su lira.
Se queda verde don Ricardo Palma,
viendo verde tu blusa la compara
con el mar verde de mañana clara,
nubes blancas, el sol radiante, calma.
Mirándote los dos rivales callan,
olvidan sus más ásperos vocablos,
para siempre se guardan sus venablos,
sus odios magníficos acallan.
Solo por verte en su literatura
saltan del marco a tu risa más pura.

José Santos Chocano canta a la bella dama

Calmado don José Santos Chocano,
blanca flor olorosa en el ojal,
flechada la mirada de metal,
destellos de la azul oscuridad,
atraviesa el tiempo de lo arcano,
llega a tu cabellera que es caudal,
preso de tu belleza señorial,
camina por su edad, besa tu mano.
Llegan sus versos como suave viento
que canta tu hermosura sin igual,
en calles, en las plazas es puntual,
busca tu risa como su alimento.
Tú tienes los encantos de la diosa
y eres en verdad única: la rosa.

Miguelina Acosta

Llega a París con una orquídea de Moyobamba
perfumando su indómito corazón.
Los Campos Elíseos le parecen
una pequeña sabana de la selva del Perú.
Las mujeres, cómo sufren las mujeres
en las tristísimas familias de Nauta, de Yurimaguas,
de Saposoa, de Tarapoto, de Lima misma
con sus aires de princesa virreinal.
Tiene que acabar, la dominación tiene que acabar.
Lo escribe con su letra primorosa,
lo dice en el púlpito profesoral,
lo defiende en los foros internacionales,
lo musita elegantemente en la hora del amor.

Ajenjo

Imagino a Federico Schopf bebiendo ajenjo
en un vaso rojo que parecía un copihue,
mientras recordaba una traducción de Homero al alemán
en el siglo XIX, que tenía en algún lugar de la casa,
imposible de hallar a las primeras, salvo por casualidad,
como se encuentran los amores del año pasado en una calle
con el vestido de la indiferencia con que el tiempo los tiñe.
Federico tiene de Homero otras versiones, unas más antiguas
y otras contemporáneas, como tiene una ninfa que le sonríe,
que no mira atrás a las estatuas de sal de los libros sagrados.
Sonrisas que dicen mañana mientras el ayer
se queda en el fondo del pozo de amarillas páginas.

El círculo de Dafne

Tú subías a lo más alto de la casa,
ibas por las cornisas, con los brazos abiertos,
lista para volar.
Ahora vienes desde lejos, con tus grandes alas,
das vueltas alrededor del jacarandá,
Te haces una niña pequeñita y vas por las cornisas,
abriendo los brazos, dispuesta para volar.

Sonidos

El lenguaje brilla metálico, independiente de lo que nombra,
sonidos que se combinan de manera misteriosa,
ajenos a las fruslerías y a las discusiones de los entendidos
de sapiencia vacua, cascabeles alejados de las gargantas
y de las cuerdas vocales donde nacen, flotando
entre los astros y planetas, nítidos, como estrellas
diminutas, de fulgores insólitos y de rara belleza.

Elogio de Jorge Eduardo Eielson

Lo vi sacar conejos de un sombrero
una línea blanca del fondo del mar

Hacer un nudo con un cabello de ángel
una algarabía con las plumas de un loro

Lo vi correr como un gamo por las calles de Roma
alcanzar una estrella con una mano
y con la otra tocar a la montaña de oro

Lo vi regalar una pipa de la paz a Trotski
y otra pipa del amor al mismo Stalin

Ese hombre que sonríe detrás de los novios
es el mago de los sonidos y la pintura

Es un desierto donde no llueve nunca
pero tiene una inmensa palmera

El agua se mezcla con el sol a lo lejos
En los ojos de Jorge Eduardo burbujean
todas las palabras de innumerables idiomas

Caverna

En lo más profundo de las aguas
hay un monstruo lleno de profundo silencio,
dueño de todas las argucias del lenguaje.
Cuando hablas o escribes necesitas de sus pausas
y de sus milenarios olvidos en la caverna de la historia.
Y de sus recuerdos, por supuesto.
Hölderlin creía que ese animal
era el centro mismo de las palabras
y que hablar o callar era algo semejante.
Nadie sabe lo que canta ese aprendiz
de carpintero, entre virutas de su torre
en Tübingen, junto al río Neckar,
jerigonza alucinada que va y viene
del país de los lunáticos, en todo tiempo.

Listado de deseos

Necesito recorrer cada uno de los rincones
de tu cuerpo fabuloso,
tus secretas oquedades,
tu monte de Venus.
Deseo investigar la redondez de tus hombros,
cómo se forma tu sonrisa en la penumbra
de las noches imantadas,
qué pasa con tus dientes
cuando tiemblas de frío,
y me llamas como penando
como si mi voz fuese una frazada.
Quiero memorizar la hermosura de tus pechos,
esas colinas con sus puntos cardinales
para la avidez de mi boca.
Quiero saber por qué necesitas de mis abrazos
causándome asombro cuando llego
humilde a tu puerta con mis oscuros ropajes
y mi corazón estalla como un cañonazo.

Caricia

—142—

Recuerdo el amarillo de la arena
cambiando sus matices mientras
va girando lentamente el sol.

La sal pegada a la piel, las algas,
el baño de agua dulce al atardecer.

El plato de comida ofrecido en la noche
con tanto amor que permanece en la memoria
como si fuera hoy.

Antonia Moreno en los breñales

Trepa Antonia Moreno a los breñales,
seguida por doscientos dos soldados.
Lleva el corazón de muchas personas,
la valentía de pálidos niños,
coraje de los valetudinarios.
La entera patria va en sus dos ojos,
en sus dos manos de grandes trabajos,
se guarda en sus inmensas faldas
y camina con los desesperados.
Es nuestra madre hasta el fin de los tiempos,
la raíz de la esperanza, peruanos.

Una línea de José María Eguren

Una línea de Eguren me acompaña levemente
en las callejuelas oscuras de los nocherniegos,
me da la hermosura de los lirios y el gorjeo fino
de los pájaros insomnes en sus largas madrugadas.
Va conmigo a las neblinas del frío mar Pacífico
mientras deambulan cangrejos en las rubias arenas
y con lámpara azul sube una niña por los acantilados.

Zoila Aurora Cáceres

Despierta la dama. En la soledad de la alcoba todavía quedan los perfumes del gozo del amor. Hay un espacio vacío entre los edredones. Fantasmal presencia de un apagado volcán de Guatemala. Hay ceniza en el aire y en la estancia todavía se siente un temblor. La mujer hace sus abluciones. Quien la mire percibirá calculada indiferencia en sus gestos habituales. Quien converse por azar con ella, notará la zozobra en su corazón.

Blanca Varela

¡Qué profunda tu palabra en el desierto,
frente al mar!
¡Qué desvelos los tuyos en las canículas
de las megápolis
para dar de comer a los cuervos macilentos
de tu amado Perú!
Una multitud se arrancha las piltrafas
en las calles,
otra inspecciona minuciosamente los escondrijos
de tu altivo corazón.

Mariano Melgar adora a Silvia

Todo lo femenino de la hermosa tierra
vive, Silvia, en tus ojos tan poderosos.
He nacido para contemplarte y quererte
y hacerme uno contigo en el paraíso.
Pasamos como el espíritu de la campiña,
juntamos el deseo con el amor sublime
y duraremos más que nuestros cuerpos aciagos,
marcados con el fuego del hierro de la muerte.
La eternidad es nuestro destino, lo sublime,
el tiempo mismo que se extiende, el verde piélago
que enhebra y suelda todas las constelaciones.

Ditirambo para Stelios Karayanis

Tú eres Sísifo, trabajando desde el alba,
disfrutando del mar y de su estupenda belleza,
llenando tu faltriquera de límpidos poemas,
antes de subir por el monte hasta el Olimpo,
donde te esperan Apolo, Euterpe, Erato,
que te celebran con los vinos blancos
y con los vinos tintos de las eras.
Bajas por la noche y vuelves a tu casa de Atenas.
Duermes lo justo y vuelves con los poemas.
Al otro día estás otra vez colmando tu morral,
llevando la hermosura al altar de los dioses
para tenerlos tranquilos y para que hagan cosas buenas.

Hablar y escribir

¿Para qué esforzarte en hablar con precisión,
en lo posible con justeza y sabiduría,
si no te escucha nadie?
¿De qué sirve esa monserga que asegura
que el castellano tiene quinientos millones de hablantes?
Tal vez sea mejor aprender el mochica
para recitar en esa lengua los cantos gregorianos.
O interrogar a la historia para hablar con los etruscos,
si acaso te pueden escuchar en sus tumbas milenarias
clausuradas con las rocas inmensas de su idioma desaparecido.

Alicia Dafne

Solo duendes benéficos circulan
en las noches del invierno por tu alcoba.
Son los espíritus de los árboles
que cuidan tu sueño y borran tus pesares.
No hay otra forma de explicar
tu energía que se prodiga en los días
numerosos de las cuatro estaciones,
en tantas ciudades dispersas por los mapas.
Ellos son silenciosos y se confunden con las sombras.
Son reconocidos por la luz de la luna
que se filtra por la ventana y por tu gato
y por tu perro que hacen lentas cabriolas,
y por la poesía que se conecta con sus figuras milenarias.
Amanece y los duendes vuelven a las selvas y campiñas.
Ahora despiertas, infatigable, como siempre.

Medita el lector

Con disimulo felino invocas a César
¿Dónde estará César? Es el padre.
Ha dejado esculpida su palabra
en tantos corazones. Es inolvidable.
Tú dices lo que tienes que decir,
tú dicción es atropellada, vuela puentes,
es un tercer ojo para el tiempo de la tristeza.
Una meseta. Bajarás y subirás otras montañas.
Conoces el silencio absoluto
y en esa caverna resuenan
los sonidos que salen de tu boca alucinada.

Se sostiene
en el aire

Se sostiene en el aire el amor que te digo.
Se sostiene en lo acuoso de tus ojos hermosos.
Quiere ser un bálsamo en tus dolores acérrimos,
mezclarse con tu risa estentórea,
estar en tu cuerpo mientras respiras.

Encina y tilo

Se aman Filemón y Baucis
y son contados sus días en la tierra.
Guardianes de los bosques
y del templo de mármol que honra
a los dioses del Olimpo,
reciben la protección de Zeus y de Hermes
y adquieren la sabiduría con el paso de los años.
Durar no importa, se dicen, transformarse,
como el agua que se hace nieve, escarcha,
granizo, y vuelve a los cielos con el sol,
y llueve, y es el río que penetra en el mar
mientras en el horizonte se dibuja la hermosura.
Ahora el follaje cubre sus bocas y callan.
Encina y tilo, guardianes del amor del universo.

Assag

Hay un vaso de vino y otro de agua clara
que el amor ofrece a los enamorados.
Un líquido lleva espinas y el otro está hechizado.
Aquello que dura se va transformando.
Un dedo circula por la carne que está temblando.
Estalla la noche, se queman los altares.
El alba, ¡ay el alba! rápido viaja la nube,
rápidos cantan y lloran los pájaros.

El bello verano
de Cesare Pavese

Me gusta imaginar a Cesare Pavese
respirando el aire de los mares del Sur,
besando a las muchachas que gustaban
de su peculiar manera de hablar el español,
que se sentían satisfechas con su sonrisa italiana,
con el libro que firmaba al anochecer,
en la posada junto al muelle, antes de partir.
Lo recordaban con afecto, sin nostalgia,
haberlo conocido era la manera de llegar
en las palabras de los sueños, a Belbo, a Roma,
a Milán, a la Florencia que vio a Dante,
a los partisanos amantes de la libertad.
Cesare tenía una frenética manera de escribir,
de una no buscada perfección que descubre
cualquiera que se acerque a sus páginas,
cuentos, poemas, crónicas, y la desesperación.
Es cierto que llegó la muerte con los bellos ojos
del amor. Vaga el espíritu de Cesare Pavese
en sus páginas admirables y en los mares del Sur.

Sobre la poesía

En poesía busco lo difícil,
el sentido complejo de las cosas,
el placer de lo escarpado y escondido,
el último secreto en la caverna.
Paso de largo ante los malabares
de los gimnastas de las palabras.
Me quedo con esa gema que brilla
en el fondo del fondo de la tierra,
que da sentido a cada instante de la vida
y se expresa con sagrada inocencia.
Trabajo como el caballo en la pradera,
busco a lo lejos lo invisible,
cuido como si fueran de oro los vocablos,
piso firme entre las piedras,
relincho y hablo lo indispensable.

Mar del Perú

de Marco Martos Carrera
Se terminó de imprimir en la ciudad de Lima, en julio de 2022,
por encargo de Editorial Milojas SAC a través de su sello Garamond.
El tiraje fue de 300 ejemplares.

www.ingramcontent.com/pod-product-compliance
Lightning Source LLC
LaVergne TN
LVHW051532170726
843492LV00006B/1735